笑いあり、しみじみあり

シルバー川柳

百歳バンザイ編

みやぎシルバーネット＋河出書房新社編集部　編

河出書房新社

本書は、宮城県仙台市で発行されている高齢者向けフリーペーパー『みやぎシルバーネット』に連載の「シルバー川柳」への投稿作品、および河出書房新社編集部あてに投稿された作品から構成されました。

投稿者はみな、六〇歳以上のシニアの方々です。『みやぎシルバーネット』への投稿者の多くは仙台圏在住の方ですが、それ以外の地方から投稿されている方もいます。また河出書房新社編集部へは、全国の皆さんが川柳をお寄せくださっています。なお作者の年齢は、投稿当時の年齢を記載しております。

嫁に行け
行かなければ
俺が行く

堀江喜代彦（70歳）

玉手箱
開けてないのに
白髪(はくはつ)に

浅利桂子（73歳）

婆(ばあ)おしゃれ
耳まで黒く
毛染めする

尾崎サカエ（86歳）

化粧部屋
天の岩戸と
呼ぶ家族

梅澤善二（87歳）

目薬を
顔中流す
もどかしさ

石森清子（77歳）

ないのかな
涙が真珠に
なる呪文

阿部澄江（64歳）

先の無い人生なのに楽しすぎ

高橋典子（74歳）

検診に
ウエストはここ
指をさす

高橋陽子（65歳）

ペリカンの
ように二の腕
フリフリに

渡邊美奈子（81歳）

ありがとう
私の自慢は
黒髪よ

佐藤栄子（101歳）

フサフサの
敵に移したい
禿(はげ)の菌(きん)

秋葉秀雄（71歳）

好きですよ
ハゲと白髪(しらが)が
丁度(ちょうど)いい

長瀬淑子（72歳）

物干しに
並ぶよ俺と
犬の服

甲斐義廣（69歳）

整理する
夫の物は
すぐ捨てる

大和田久美（74歳）

孫が描く忖度（そんたく）なしのババの絵

秋葉秀雄（71歳）

シルバーと
呼ぶな歯はみな
ゴールドだ

甲斐義廣（69歳）

カニ足に
喧嘩(けんか)を売ったら
歯が抜けた

金川辰男（78歳）

隠し場所
オレオレ詐欺で
思い出し

佐藤静子（68歳）

怖いのは
オレオレ詐欺と
後妻業

石川　昇（65歳）

やるもんか
紙幣(しへい)に名前
書いて死ぬ

秋葉秀雄（71歳）

あおったり追い抜いたりのウォーキング

村田　稔（65歳）

噂話（うわさばなし）
女が寄れば
火が燃える

増子恵子（78歳）

私にも
ピチピチギャルの
時あった

勝又千恵子（77歳）

昔コロン
今加齢臭を
消すシュッシュッ

瀬戸睦子（70歳）

逢いたけりゃ
下の臭いを
消しといで

笹古きぬ子（85歳）

頬染めて
花いちもんめ
誰ほしい

木村　忍（85歳）

「またきてね」と
森の草花
よんでいる

小野寺みつこ（73歳）

イビキかく
嫁にリモコン
向けてみる

片倉陽子（68歳）

リモコンを
握ったままで
寝るだんな

及川光子（74歳）

お風呂出て
曾孫と一緒
紙パンツ

熱海三枝子（82歳）

満点と
百歳目指す
孫と祖母

氏家正彦（66歳）

絵にもなる恋人つなぎの老夫婦

白木幸典（89歳）

残された時計に亡夫の鼓動聴く

山岡京子（83歳）

婆ちゃんの弁当中身昭和だよ

中村勇子（64歳）

生まれたら
付けてみたいな
結弦・聡太

及川式子（85歳）

羽生羽生
我がコーラスは
「埴生の宿」

南　雅子（79歳）

ピョンチャン
おぼえた頃に
会終わる

大山登美男（90歳）

値上げにも
耐えるモヤシに
金メダル

遠藤英子（81歳）

忘れ物
コンビニで夫
探す私

酢谷敬子（67歳）

よろずやに
行くとばあばは
コンビニへ

島田正美（69歳）

宅急便
着払いかよ
大慌て！

松本富雄（81歳）

遺族たち
一攫千金（いっかくせんきん）
夢見てる

阿部澄江（64歳）

年金を
狙った孫の
変化球

千石　巌（89歳）

遺産遺産
言いなさんなよ
胃酸出る

中田利幸（65歳）

嫁くれた
マリメッコの傘
八十路婆

渡部淳子（82歳）

危ないよ
年を忘れた
早や歩き

杉山敬子（77歳）

お白粉が
しわにしみ込み
しま模様

笹古きぬ子（85歳）

冬が好き
マスク美人に
なれるから

長谷川茂子（67歳）

モンローも先祖辿(たど)ればやはり猿

佐藤敬子（73歳）

仏壇に
お裾分けする
ダイエット

梅澤善二（87歳）

バイキング
まだ目が泳ぐ
甘味処

木野田美恵子（81歳）

ご投稿規定

・60 歳以上のシルバーの方からのみの
ご投稿に限らせて頂きます。

・ご投稿作品の著作権は弊社に帰属致します。

・作品は自作未発表のものに限ります。

・お送り下さった作品はご返却できません。

・投稿作品発表時に、ご投稿時点での
お名前とご年齢を併記することをご了解ください。

発表

●今後刊行される
『笑いあり、しみじみありシルバー川柳』にて、
作品掲載の可能性があります。
(ご投稿全作ではなく編集部選の作品のみ掲載させていただきます)
なお、投稿作品が掲載されるかどうかの個別のお問い合わせにはお答えできません。何卒ご了承ください。

ご投稿方法は裏面に

ご投稿方法

●はがきに川柳（1枚につき5作品まで）、郵便番号、住所、氏名（お名前に「ふりがな」もつけて下さい）、年齢、電話番号を明記の上、下記ご投稿先にご郵送ください。

●ご投稿作品数に限りはありませんが、はがき1枚につき5作品まででお願いします。

<おはがきの宛先>

〒151-0051
東京都渋谷区千駄ヶ谷2-32-2
（株）河出書房新社
編集部「シルバー川柳」係

*皆様からお預かりした個人情報は、他の目的には使わず責任をもって管理致しますが、今後刊行の『笑いあり、しみじみありシルバー川柳』で作品発表時には、お名前とご年齢を作品とともに公表することをご承知おきください。勝手ながらペンネームでの作品公表は差し控えさせていただいております。

*頂いたご住所に弊社から次回刊の『笑いあり、しみじみありシルバー川柳』の発売日のお知らせのお手紙をお送りすることがございます。

*ご投稿はがきはご返却しておりません。

以上、何卒ご了承いただけますようお願いします。

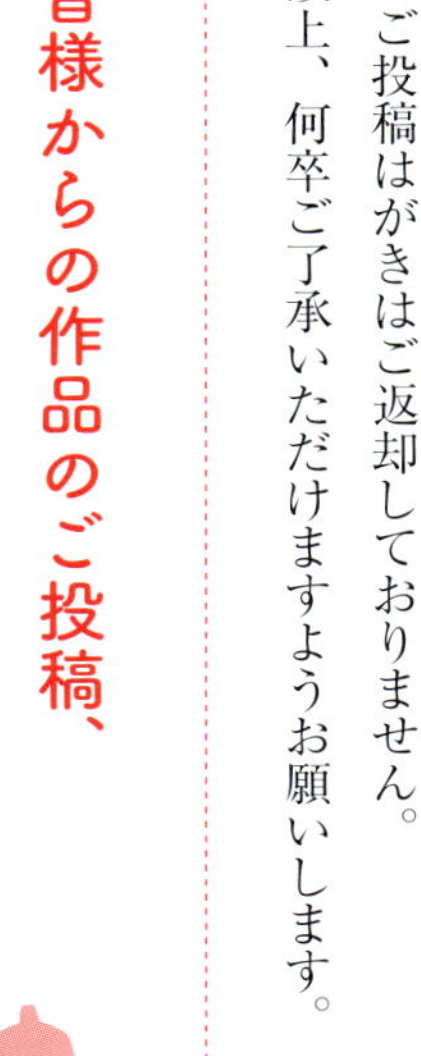

（株）河出書房新社　編集部「シルバー川柳」係
〒151-0051　東京都渋谷区千駄ヶ谷 2-32-2
http://www.kawade.co.jp/
電話　03-3404-8611
（平日 10：00~17：30　土日祝日休）

60歳以上の方のシルバー川柳、募集中！

さあ、あなたの「笑いあり、しみじみあり」を、川柳にしてご投稿ください！

『笑いあり、しみじみあり　シルバー川柳』ご愛読ありがとうございます。
シルバーの皆さんの今回の傑作選、いかがだったでしょうか？
「これなら私も詠めるかも」「もっとどんどん詠んでみたい！」そんなの皆様の熱いお声を頂戴し、
シルバー川柳の作品投稿を受け付けております。
ご投稿作品は、今後の『笑いあり、しみじみありシルバー川柳』本にて、
掲載の可能性があります。皆さまからのご投稿をお待ち申し上げます！

見たくない
息子のジャージで
眠る妻

瀬戸睦子（69歳）

手にスマホ
頭アナログ
子はオタク

奥田定夫（72歳）

ガラケイに
慣れた頃には
皆スマホ

小関美枝子（72歳）

古稀祝い
インスタ映えの
ジジとババ

東海林芳男（68歳）

メルアドは
母の名入りの
ドットコム

佐藤紀子（78歳）

パスワード
口に出さぬと
打てぬ爺

島田正美（69歳）

痛そうな
野菜ですねぇ
ズッキーニ

島田正美（69歳）

ムク鳥の
群れも逃げ出す
ババ集団

白木幸典（89歳）

ゴミ置場
カラスにおじいの
眼が光る

谷川　武（70歳）

初夏香る
鳥より早い
お年寄り

新野三郎（79歳）

お仕事は
聞かれ思わず
通院と

大須賀博（85歳）

杖の音
みんなそれぞれ
癖があり

菅野宏司（84歳）

郵 便 は が き

料金受取人払郵便

代々木局承認

6084

差出有効期間
2020年2月7日
まで

1 5 1 8 7 9 0

201

東京都渋谷区千駄ヶ谷2の32の2

（受取人）

河出書房新社

『シルバー川柳』

愛読者カード係 行

お名前	年齢： 歳
	性別： 男 ・ 女
ご住所 〒	
ご職業	
e-mailアドレス	

弊社の刊行物のご案内をお送りしてもよろしいですか？

□郵送・e-mailどちらも可　□郵送のみ可　□e-mailのみ可　□どちらも不可

e-mail送付可の方は河出書房新社のファンクラブ河出クラブ会員に登録いたします（無料）。
河出クラブについては裏面をご確認ください。

ご記入いただいた個人情報は、ご希望の方へのご案内送付や出版企画の参考等に利用、ご感想は弊社の新聞雑誌広告、HP等で掲載させていただくことがございます。ご了承ください。上記目的以外では使用しません。

愛読者カード『シルバー川柳　　　　　編』を読んで

空欄にお読みの書名(『シルバー川柳○○編』の○○部分)をご記入ください。

●どちらの書店にてお買い上げいただきましたか?

地区:　　　　　都道府県　　　　　市区町村

書店名:

●本書を何でお知りになりましたか?

1.新聞/雑誌(＿＿＿＿＿新聞/広告・記事)　2.店頭で見て

3.知人の紹介　4.インターネット　5.その他(　　　　　)

●定期購読している雑誌があれば誌名をお教えください。

●本書についてご意見、ご感想をお聞かせください。

腰曲げてでもかわいい薄化粧

宮坂　正（94歳）

ボケたふり
いつの間にやら
本物に

西　敏枝（73歳）

痩せこけて
入れ歯がしゃべる
元気者

板橋敏男（88歳）

気を付けて
いてもつまずく
けつまずく

堀場千代子（74歳）

孫浪人
私は古老
妻過労

松本富雄（81歳）

愛で銅
結ばれ銀で
オギャーで金

庄子とみ子（74歳）

孫ギター
ババはピアノで
ジジリヤカー

長尾俊夫（68歳）

友もなし
敵もいないし
嫁もなし

中鉢紀雄（77歳）

ボケ防止
孫十人
名前呼ぶ

山本光子（71歳）

孫の手を
つなぐといのち
惜しくなる

菅野宏司（84歳）

蚊帳の中
蛍はなして
寝たっけな

松田瞭子（92歳）

腹立つと
鍋とヤカンを
ピカピカに

山田和子（75歳）

買い取りに
出した「お宝」
二〇〇円

今野田紀子（76歳）

思い出す亡母（はは）の寝床（ねどこ）の温かさ

手嶋康夫（79歳）

リフォームで
洋服仕立て
母を着る

菊池幸子（81歳）

春彼岸
母の匂いの
帯しめる

小関美枝子（72歳）

公園の
鳩がわたしを
離れない

柳村光寛（65歳）

嫌われて
生涯終わるも
楽しきや

長内正治（77歳）

記念日を
夫婦どちらも
言わぬ闇(やみ)

伊藤みさを(80歳)

女心
季節に関係
ないようだ

菅田　稔(73歳)

五十年
誓った愛に
責められる

戸田　信（86歳）

争って
得た女房を
持て余す

金丸典男（87歳）

どう見ても
偉そうに見えぬ
友のヒゲ

梅澤善二（87歳）

減った物
しゃれっ気　食いっ気
働く気

及川式子（85歳）

子等（こら）ディナー　残飯（ざんぱん）ついばむ　ババひとり

及川裕子（71歳）

声変わり
可愛い孫が
遠ざかる

矢口敬治（80歳）

孫達（まごたち）へ
神対応（かみたいおう）は
もう出来ぬ

遠藤英子（81歳）

娘の名
飲み屋のママが
名付け親

渡辺正思（74歳）

八十路来て
今も変わらず
サユリスト

荒尾一之（81歳）

男共(ども)で
にぎわう店には
古稀のママ

芳賀麻薫（70歳）

好きな人
都はるみに
うり二つ

横田春治（64歳）

飄々と
人を喰い喰い
長生きし

宮川裕子（76歳）

その気でも
あんたは賞味
期限切れ

及川和雄（87歳）

この暑さ一人暮らしのヌードショー

大和田久美（75歳）

もうすぐ百歳、ついに百歳！

〜人生の先達。九〇歳以上の川柳の部屋〜

シリーズ十冊目にして、初めて百歳超えの方からご投稿いただきました。ビバ百歳！　拍手喝采（かっさい）しながら作品をご披露いたします。

形見分け
売れるものから
消えてゆく

伊勢つね（100歳）

初恋の
人の髪の毛
持ってます

高澤昭市郎（90歳）

救急車
今度乗るのは
霊柩車（れいきゅうしゃ）

三浦　和（91歳）

歩くのは
行くためでなく
歩くため

三浦　和（91歳）

最高齢
スキンシップは
ビタミン剤

斎藤恵美子（90歳）

カユミ止め
シワを広げて
塗ってゆく

伊東芳彦（90歳）

初デート
互いの杖が
邪魔になり

斎藤恵美子（91歳）

相合傘
私の横から
逃げないで

志鎌清治（91歳）

まだ若い
三山ひろしに
愛の目を

村田春枝（92歳）

亡き妻の
温もり残る
かけ毛布

佐藤　清（91歳）

デイサービス
娘の見送り
行ってきます

真野昭子（90歳）

老いて行く
娘を案じる
母心

青木節代（93歳）

ねむれぬ夜
恋を感じた
人数え

馬場加子（91歳）

忘れてた
主人の命日
今日だった

馬場加子（91歳）

手術台
笑顔がいいねと
ほめられる

高橋スマノ（91歳）

好きな人
俺の愚妻で
充分だ

今野昭夫（90歳）

九十年
続けた趣味で
生きている

堀江ふみゑ（98歳）

白寿(はくじゅ)まで
長生きしてと
無理難題

糸井綾子（90歳）

アルバムと
一人淋しい
同窓会

宮坂　正（94歳）

九十歳
楽しい日々に
感謝して

木下昭二（90歳）

乞い願う
生きんが為の
ライバルを

市川京子（91歳）

金のある
友とない友
使い分け

高澤昭市郎（90歳）

良い人が
出来たか亡夫(つま)は
むかえ来ず

佐藤栄子(101歳)

ライバルと
言われる程の
器量なし

伊勢つね(100歳)

物忘れ
記憶に残った
お花見が

佐藤栄子（101歳）

いい人を
演じてしまい
筋肉痛

小野幸子（79歳）

丸いくすり
さがすつもりが
ゴミひらう

福田美知子（80歳）

ライバルは
日毎（ひごと）減りゆく
骨密度

高橋はつゑ（76歳）

腕を振る
つもりだったが
手が震え

小久保継（77歳）

俺の席
何時（いつ）の間にやら
犬の席

小田中榮市（87歳）

仏壇に
夫の悪口
あらごめん!!

原子加代子（70歳）

これもエコ
厚塗りは止め
ノーメイク

岡本幸子（76歳）

顔に出て
欲しい年輪
腹に出て

今野義明（91歳）

餅肌も
齢重ねて
カビ生える

奥田定夫（72歳）

孫が泣く
化粧途中の
ババの顔

及川光子（74歳）

腰までの
雪かきムリムリ
この年で

増永祥子（73歳）

もういいよ
不安と雪が
積る日々

増永祥子（73歳）

八十路でも
主婦をゆずれぬ
過疎の里

西堀千代子（80歳）

毎日が
暑い寒いで
老けて行く

今野二男（78歳）

救急車
通ればすぐ
電話有り

吉田政子（83歳）

酒やめて
本音言えない
副作用

高良秀光（66歳）

胃ろうの身
大トロ寿司の
夢を見る

源間重雄（85歳）

このキセルで
父にポコされ
九九覚え

中鉢紀雄（77歳）

トレードも
解雇もできぬ
親子の縁

紙谷義和（68歳）

好きすぎて
口がきけない
イロ婆

今野田紀子（76歳）

勢いの
ついたライバル
葬らん

中村弘道（87歳）

くそ爺
叫ぶ婆さん
山でやれ

山口俊彦（79歳）

本心は
元彼好きで
ジィジ嫌い

熱海三枝子（82歳）

縁側で
子猫に聞かす
ハーモニカ

岡本宏正（76歳）

老犬に
おむつをさせて
おやすみね

伊藤順子（75歳）

株ならば
俺の終値（おわりね）
いくらだろ

柳村光寛（65歳）

生きている
うちは仲間だ
ゴミでない

三浦 和（90歳）

若い頃
聞く耳あれば
別の人

矢口敬治（79歳）

喉の餅(もち)
じっと見つめる
家族の目

金丸典男(87歳)

お雑煮は
今年が最後
ふと思う

大須賀博(85歳)

ついに来た
五分前にも
あんた誰

増田利男（70歳）

年号が
変わったら私
ボケないか？

中村佐江子（89歳）

ツイン部屋
財布が無いと
騒がれる

渡部淳子（82歳）

貸したのに
もらったつもりで
いるらしい

藤田昭子（86歳）

若人（わこうど）へ
座りたいよと
目で合図

菅原育子（71歳）

バス席で
ほんとの年寄り
ゆずり合う

佐藤和則（87歳）

留守じゃない
すぐに立てない
老(おい)のひざ

白取悦子(87歳)

立つ座る
何をするにも
掛け声が

村田　稔(65歳)

しつけた子
今しつけられ
悔しいな

浅利桂子（74歳）

今の子は
スマホに聞いて
子を育て

伊藤順子（75歳）

ジジババに
なったのでなく
ならされた

山田　明（67歳）

よいしょして
孫を育てて
よいしょされ

手嶋康夫（79歳）

好きな人
居るからカルチャー
長続き

千石　巌（89歳）

ヨロメキが
トキメキ度を
上まわり

飛田秀雄（66歳）

妻に乗る
免許返納
まだしない

池田東一（79歳）

おじいちゃん
迎えに来ないで
彼できた

高橋はつゑ（76歳）

よたよたと
幾つ越えても
また山河

中山千代子（81歳）

気がつけば
せっかちなのに
スローライフ

木村　忍（84歳）

チャレンジの
心を持って
下り坂

保志　豊（67歳）

ちょっとずつ
自慢話に
なる不思議

及川和雄（88歳）

子も孫も
元祖は爺だ！
DNA

荒尾一之（81歳）

孫と爺
ピシリピシリと
駒の音

菊地カツ子（74歳）

なぁ倅（せがれ）
法名安く
孫肥やせ

門馬　旭（84歳）

若くない
思い知らされる
子が還暦

吉田政子（83歳）

良い年を
と交わしし友や
墓に逝く

宮井逸子（89歳）

絶対に
生きて見てやる
五輪の火

伊藤和則（87歳）

長生きはしたくはないが死にたくも…

大友寛子（82歳）

若後家を
お棺の前で
くどきたい

山本智志（79歳）

墓地勧誘
電話で思わず
死にません

増田利男（70歳）

好きな人
スーパー、医院に
一人ずつ

佐々木利明（78歳）

ボケてきた
思えば遠い
昔から

村田春枝（92歳）

言うことが
あったら皆んな
書いといて

伊東芳彦（90歳）

友（とも）空へ
夕焼けトンボに
引っぱられ

岡本幸子（75歳）

その時は
眉と口紅
引いてくれ

伊藤恭子（78歳）

お棺には
カツラのまんま
入れとくれ

天谷行雄（80歳）

金婚の
写真修正
シワ消えた!!

尾崎サカエ（86歳）

来世また
スポーツめざす
カーリング

田中雪子（93歳）

混んだバス
縮んだ身長
知らされる

古平金次郎（82歳）

子供たち
親の終活
知らぬふり

中沢常夫（82歳）

シニアだが
まだまだ死にあ
しませんよ

小久保継（77歳）

生き過ぎて
エンディングノート
書き直す

宮井逸子（89歳）

「ありがとう」
延命治療
遠慮します

菅原育子（71歳）

逝った友
携帯番号
消しきれず

大友寛子（82歳）

亡き友の
ラストメールに
励まされ

佐藤紀子（78歳）

もう一度
逝った人達と
話したい

馬場加子（91歳）

【編者あとがき】

『みやぎシルバーネット』編集発行人　千葉雅俊

「川柳はストレス解消に最高、性格まで明るくなった気分です」という嬉しいコメントをくださったのは、投句歴わずか数カ月の78歳の女性。新しい愛好者も増えて、シルバー川柳の盛り上がりはこれからが本番という気がします。この本もシリーズ第10弾と二ケタ達成！　川柳のチカラで高齢社会を笑顔であふれさせたいものです。

100歳での初投句！

そして今回初めて！　100歳以上の投句者も誕生しました。デイサービスの職員さんから投稿を誘われ、一句したためられたのは仙台市の伊勢つねさん（100歳）。「川柳は身近なことを題材にできて、いろいろな解釈ができるから面白い。私、素直じゃないんです、ひねるのが好き」と、川柳向きの性格かも知れませんね！

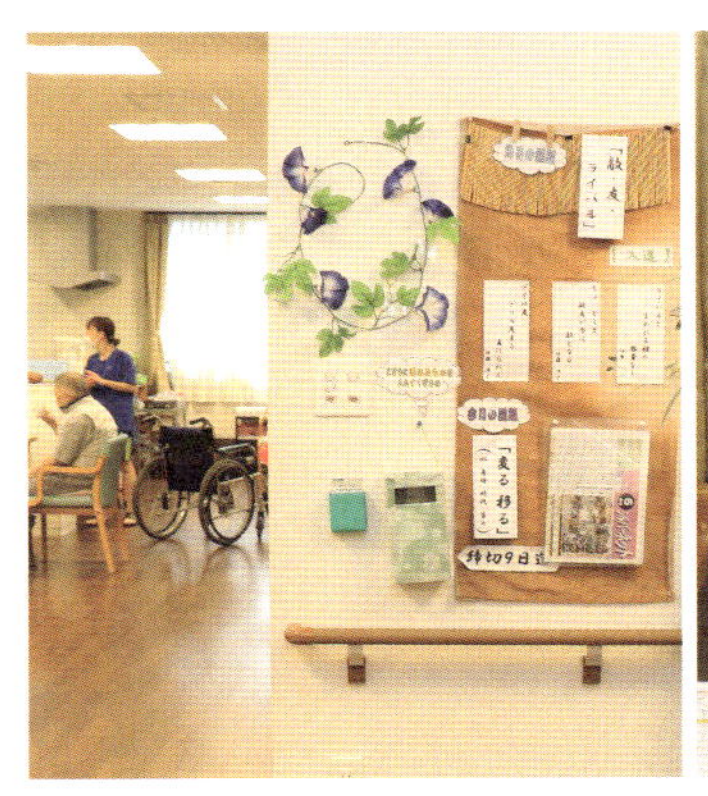

投句用ポストも備わる
デイサービスの川柳コーナー

伊勢つねさん、100歳！

取材協力：リハビリステーション青山

「人生の前半50年は大変でしたけど、後半50年は旅行も楽しめて良かったのよ」と笑顔。兄と弟を戦争で亡くし、歩き始めたばかりの次男も戦時中の混乱期に失い、捕虜となったご主人まで復員して2年後に…。「独身を通し、自立心があるから長生きなのよ」と分析するのは、デイのお友達。「身辺整理も大変なの、100年分ですからね」と冗談もご本人から。そして100歳という年齢は、他の年下の投句者の刺激にもなっています。「引退かな〜と思っていたけど、見習って頑張らなくちゃ！」と、投稿歴13年の89歳の女性。

大学生がシルバー川柳を卒業論文のテーマに

「シルバー川柳は若い世代が読んでも理解しやすいし、可愛らしい作品もあって大好きです」と微笑むのは、東北大学文学部の谷澤穂南さん（21歳）。宗教学研究室所属の谷澤さんが「死生学」（※人は死に対してどう思っているのか、それを通して逆に生についてどう思っているのかを学ぶこと）に関心を抱く中で、卒論のテーマに選んだのがシルバー川柳。過去の入選句をじっくり読み込んでの感想は「今の日本では死が遠ざけられ、死は暗いものというイメージがあるのに対して、シルバー川柳では明るく書かれていたりユーモアを混ぜてみたり、自分のイメージとは正反対に死が描かれていることに驚きました。亡くなった家族のことを詠むなど、行き場のない気持ちを吐き出す場にもなっている。また、あの世でも楽しくやろう…といった作品もあり、死んだら終わりではなくて次の世界もあるみたいな、連続的な世界観がシルバー川柳における死を明るくしているように感じました」と分析。

3人の熱心な投句者も取材。「川柳は生きた証し、という方。亡くなられた娘さんのこ

川柳投稿者（山田和子さん）の自宅を訪問して取材を行う谷澤さん

とを初めは書けなかったけど、時間がたって川柳にしていくことで気持ちを整理しているという方。死とか重いテーマは、できるだけ明るく書くように努めているという方。それぞれ、いろいろな思いを込めて作句されているんだなと思いました」。

　また、伴侶や子供といった家族のことを話題にした作品も多いことには、「そういうふうに書けるのって、相手がいるから。いいな〜、ほのぼのとしているな〜」と羨ましく感じたそうです。

　これから大学を卒業して社会に出た時、高齢者とどう接したら良いか分からないといった不安もあったそうですが、「心配しすぎていたのかな、と思えるようになりました。たとえば、もしも親に死が近づいた時、私が思っていたほど心配する必要はないのかなぁって。親には親の人生の満足みたいなものがあるわけですから…」と、少し肩の荷が下ろせたような清々しい表情。若者にとってのシルバー川柳は、命とか、家族とか、人生とかの学びの場にもなったりするのかも知れません。

そして、少し大げさかも知れませんが、これからの超高齢社会においてシルバー川柳は救世主に成り得るのでは…と思いたくなることがあります。なぜなら…

●高齢者に元気を与える。笑ったり共感できたり、認知症の予防にもなりますから。

●世代間の相互理解が深まる。お年寄りの素顔とか本音が伝わりますから。

●人生の素晴らしさが伝わる。70年、80年、生き抜いて来られた方々の真実と家族愛にあふれていて、人生を学んだり困難を乗り越えていくパワーを与えてくれますから。

シルバー川柳　すべて師となり　肉となり　南　雅子（77歳）

河出書房新社「シルバー川柳」編集部

２０１３年に初刊行した河出のシルバー川柳傑作選、今回シリーズ10作目にして、初の１００歳超えの方の作品が登場しました（１０１歳・佐藤栄子さん、１００歳・伊勢つねさん）!!

80～90歳代の方の投稿もぐんぐん増える一方。掲載句選考会では「60歳代なんてほんのひよっこ、超若手！　まだまだシルバーと呼んじゃいけない感じですよね！」と軽口も出るほど。いくつになっても日々是青春。ますます花咲くシルバー川柳です。

「皆さんの作品を見て、私も詠んでみたくなったけど文芸はさっぱりわからなくて。いい入門書はないですか？」との声にお応えし『いちばんやさしい！楽しい！シルバー川柳入門』という本も刊行しました。川柳は心のつぶやきを自由に書きつけるもの。難しいコト抜きでまず書いてみましょう、と背中を押してくれる日本一やさしい川柳の入門書です。よかったらこちらも手に取ってご覧ください。シルバー川柳で読者の皆様の毎日がますます心愉しいものになりますよう。編集部一同、願っています。

みやぎシルバーネット

一九九六年に創刊された高齢者向けのフリーペーパー。主に仙台圏の老人クラブ、病院、公共施設等の協力を得ながら毎月三六〇〇〇部を無料配布。高齢者に関する特集記事やイベント情報、サークル、遺言相談、読者投稿等を掲載。

http://silvernet.la.coocan.jp/

千葉雅俊　『みやぎシルバーネット』編集発行人

一九六一年、宮城県生まれ。広告代理店の制作部門のタウン紙編集を経て、独立。情報発信で高齢化社会をより豊かなものにしようと、高齢者向けのフリーペーパーを創刊。選者を務めた書籍に『笑いあり、しみじみあり　シルバー川柳』『笑いあり、しみじみあり　シルバー川柳　一期一会編』『笑いあり、しみじみあり　シルバー川柳　人生劇場編』『笑いあり、しみじみあり　シルバー川柳　元気百倍編』『笑いあり、しみじみあり　シルバー川柳　一笑青春編』（小社）、『シルバー川柳　孫へ』（近代文藝社）。著書に『みやぎシニア事典』（金港堂）などがある。

ブックデザイン	GRiD
編集協力	毛利恵子（株式会社モアーズ）
写真	ピクスタ
Special thanks	みやぎシルバーネット「シルバー川柳」読者、投稿者の皆様。 河出書房新社編集部に投稿してくださったリアル・シルバーの皆様

笑いあり、しみじみあり
シルバー川柳 百歳バンザイ編

二〇一八年九月二〇日 初版印刷
二〇一八年九月三〇日 初版発行

編者 みやぎシルバーネット、河出書房新社編集部
発行者 小野寺優
発行所 株式会社河出書房新社
〒一五一-〇〇五一
東京都渋谷区千駄ヶ谷二-三二-二
電話 〇三-三四〇四-八六一一（編集）
〇三-三四〇四-一二〇一（営業）
http://www.kawade.co.jp/
組版 GR・iD
印刷・製本 図書印刷株式会社

Printed in Japan ISBN 978-4-309-02731-9